おじさん詩人が窓辺でつづった作品集

竹原 康彦

松海書房

詩の好きな方へ
そして、あまりそうではない方へも

おじさん詩人が
窓辺でつづった作品集

竹原　康彦

はじめに　～この詩集を手に取って下さった方へ～

詩は好きですか？　きらいではないけれど余り興味はない、ですか？

私は詩が好きです。リズムのいい詩が好きです。楽しい詩が好きです。ひとことで言えば、心がはずんでくるような詩が好きです。そして、そんな詩なら、あなたも好きなのではありませんか？

ここには、そうした詩が沢山収めてあります。

もしあなたがこの詩集を読んで下さり、少しでも心がはずむのを感じて下さったなら、それ以上うれしいことはありません。

著者

目次

クロッカス

まださむい　三月の朝
駅前の　花壇にさいた
クロッカス　その小さな花が
やわらかい　光をこぼし
少しずつ　風にうかべて
町中に　だれよりはやく
あたらしい　春をつたえる

花の下　球根の中
つぎの春　準備しながら

「私たち」一

ひよこが二羽より　多ければ
みんなまとめて　ひよこたち

りんごが二こより　多ければ
みんなまとめて　りんごたち

私が二人より　多ければ
みんなまとめて　私たち

あれ
なんだかちょっと　おかしいぞ

「私たち」二

「私たち」
ふしぎなことば　よく見ると
私が大勢　いるみたい
私と顔が　おんなじで
着ている服も　おんなじで
生年月日も　性格も
私とおんなじ　人間が
まわりに大勢　いるみたい

本当は
私はひとり　そのほかは
みんなそれぞれ　ちがう人
顔はもちろん　服装も
生年月日も　性格も
みんなそれぞれ　ちがう人
それをまとめて　「私たち」
そういう風に　よぶなんて
いったいだれが　考えた
ことばだろうか　「私たち」

自分ひとりと　ほかの人
みんなまとめて　「私たち」
私はひとり　だけなのに
みんなまとめて　「私たち」
いいかわるいか　分からないけど
便利でもあり　不便でもあり
ふしぎなことば　「私たち」
ふしぎなことば　「私たち」

旅から帰って

親しくしていた　友たちと
一緒におなじ　この町で
生きて行くのが　いやになり
なにかに区切りを　付けようと
だれにもいわず　ただひとり
はるかな国へ　飛び立った

そんな私が　さすらいの
旅から帰り　うす暗い
我が家に着いて　玄関の
郵便受けを　あけた時
友たちからの　いくつもの
手紙を見つけて　こんなにも
うれしいのはなぜ

納豆の秘密

納豆は　仲がいいのか
わるいのか　いつもたがいに
よりそって　手と手をつないで
生きている　はしで取っても
おなじこと　たちまちすうっと
手をのばし　決して相手を
はなさない

でも
ひとつぶひとつぶ　よく見ると
なんだかぷりぷり　おこってる
ほっぺたまるく　ふくらませ
いつもぷりぷり　おこってる
仲間になにか　されたのか
まとわり付かれて　いやなのか

毎朝食べる　納豆は
仲がいいのか　わるいのか
どっちかさっぱり　わからない
毎朝食べても　わからない

子犬が生まれた

子犬がきょう　五匹生まれた
友達の　おじさんの家
見に行くと　お乳をのんでた
口だけを　うごかしながら
大勢に　知らせてあげたい
そんな気が　心にわいた

顔を上げ　その家を出た
子犬の色　ちゃんとおぼえて
かあさんに　最初にいおう
きのうまた　しかられたけど
そんなこと　いまはいいから
駆けながら　胸に思った

子犬がきょう　五匹生まれた
町中に　知らせてあげたい
道ばたで　会った人にも
立ちどまり　とにかくひとこと

青空が　ほほ笑んでいる
雲のない　あかるい空が
町もいま　ほほ笑み出した
青空に　つられるように
この坂も　走ってのぼろう
子犬がきょう　五匹生まれた

きこえるよ

時代はいま
人の行きかう　まちかども
光で映る　絵の中も
世界の声に　みちあふれ
毎日いくつも　おまつりを
しているような　にぎやかさ
ひとりひとりの　声はみな
そのにぎわいに　かき消され
ほとんどだれにも　とどかない

でも
きこえるよ　あなたの声なら
きこえるよ　私の耳には
はっきりと　ひとことひとこと
きこえるよ　だからそんなに
無理をして　さけぶのはもう
やめにして　あなたの声を
それ以上　私はからして
ほしくないから

ひとつだけ　あなたの声は
ひとつだけ　そのひとつの声を
からしたら　あなたはそれから
永遠に　自分の声で
どうしても　話せなくなる

だからいま　約束をして
もう二度と　さけびはしないと
おだやかに　やさしい声で
いつの日も　話しをすると
指きりで　約束をして

大丈夫

世界の声が　まち中に
どれほど大きく　ひびいても
あなたの声なら　私には
それがあなたの　本当の
ただひとつの声なら　私には
どんなに小さな　声だって
いつもいつでも　きこえているから

電話

二度ばかり　電話がなった
秋の午後　小さな部屋で
手をのばし　出ようとすると
鳴りやんで　しずかになった

まちがいの　電話だろうか
それともいま　だれかが私に
話したい　なにかがあって
ためらいも　同時にあって
電話して　すぐに切ったか

だとしたら　だれなのだろう
あのころの　知人だろうか
あの時の　あいつだろうか
幾人か　すがたがうかぶ
連絡の　途絶えた人や
引っ越した　おさななじみや
なつかしい　むかしの仲間

みなだれも　もう何年も
その顔を　目にしていない
うわささえ　とどいてこない
しかしまだ　心の糸は
ふと見れば　つながっている
歳月を　知らないように

消息を　きいてみようか

風の道

部屋のまど　ふたつあければ
いつもすぐ　道が生まれる
さわやかに　風の行く道
その道は　とぎれもせずに
輪になって　地球をめぐり
この部屋を　ふたたびくぐる

けさもまた　私は起きて
部屋のまど　ふたつひろげる
目の前に　生まれる道が
この部屋を　空のかなたへ
名も知らぬ　多くの国へ
つぎつぎと　しずかにつなぐ

みつばち

みつばちは　巣箱に帰って
はちみつを　小さな口で
なめる時　やっぱり「あまい」と
思うのか　人がびんから
はちみつを　スプーンですくい
なめる時　「あまい」と思う
それに似て　やっぱり「あまい」
と思うのか　そうだとしたら
みつばちは　人の気持が
わかるかも　少しくらいは
わかるかも

庭のカンナに　寄って来て
とまっては飛ぶ　みつばちが
なんだか人の　大切な
仲間のように　見えてきた
よく晴れた夏の　昼下がり

せっけんの歌

お風呂場にいる　せっけんも
洗面台の　せっけんも
もとはといえば　つきたての
おもちのように　つやもよく
ふっくら太って　いるけれど
使われるたび　やせほそり
あぶくとなって　消えて行く
はかない定め　それなのに
かなしい様子は　まるでなく
なんだかいつも　たのしそう
なんだかとても　うれしそう

人に使われてる時も
なんだか笑顔で　歌ってる
白いあぶくが　歌ってる
ラララララ　ラララララ
ほら聞こえませんか　せっけんの
しあわせそうな　歌声が

はるかな山へ

友たちと　はるかな山へ
鈍行の　座席にすわり
のんびりと　いそがない旅

窓辺から　私は外の
夏らしい　田畑のみどりや
わた雲を　しずかにながめ
友たちの　ひとりは古い
小説を　真剣に読み
横にいる　ひとりは荷物を
だくように　かかえてひるね
そのとなり　のこるひとりは
せんべいを　食べ続けている
時刻表　片手に持って

おなじ山　めざしていても
このおなじ　レールの上を
おなじだけ　すすんでいても
それぞれの　心はちがい
いつまでも　別々のまま
性格も　かみ合わないまま

それなのに　不思議なものだ
この夏も　旅をしている
またおなじ　この顔ぶれで
鈍行の　座席にゆられ
青空の　伸び行くところ
まだ低い　はるかな山へ

星と子ねずみ

屋根裏の　子ねずみたちは
よる夜中　遊びはじめる
ごそごそと　物音を立て

下の部屋　ねている人は
よっこらと　体を起こし
目をこすり　左右をながめ
なにもせず　また横になる

少しだけ　遊びつかれて
子ねずみは　かべにもたれる
ふしあなに　顔をよせると
つややかな　目に映るのは
空とおく　またたく星々

「おい見ろよ　あっちの方でも
元気よく　遊んでいるぞ
天井を　さわいでゆらし
電灯が　チカチカするほど」

子ねずみは　遊びにもどり
屋根裏を　無心に走る
星々は　またたき続ける

海

秋の日が　終わり行くころ
たそがれの　しずかな町を
ゆっくりと　散歩しながら
海岸の　公園に出る
四、五人の　若者たちが
なだらかな　砂浜に立ち
夕ばえの　海を見ている

ふと思う　地球の上で
どれほどの　人々がいま
この海を　見つめているか
この町で　この夕日の海を
名も知らぬ　遠いみさきで
早朝の　かがやく海を
やはり名も　知らない町で
昼下がり　のどかな海を
どれだけの　人々がいま
足をとめ　見つめているか

さざなみに　目をむけながら
しみじみと　不思議に思う
海を見る　幾万の人
幾万の　異なる気持
それをただ　ひとつの海が
みなすべて　受け入れている
おだやかに　なにもいわずに

けんか相手の落し物

そとで仲間と　けんかして
別れたあとの　足もとに
けんか相手の　落とし物
あしたも使う　定期入れ
とりあえず家に　持ち帰り
電話しようと　思ったが
受話器をなかなか　つかめない
電話の前で　いつまでも
口をむすんで　立っている
けんか相手の　落とし物
片手ににぎって　立っている

こどものうさぎ

朝もやの
晴れたばかりの　草はらに
小さなうさぎ　こどものうさぎ

草むらを出て　前をむき
みじかい耳を　ぴんと立て
なにかをじっと　きいている

まわりの葉っぱや　ほそいくき
低くとび立つ　きりぎりす
さみどりに光る　草の波

そうしたものの　むこうから
かすかにかすかに　寄せてくる
なにかをじっと　きいている
一生懸命　きいている

まぶしい朝の　草はらの
小さなうさぎ　こどものうさぎ

きゅうりの絵

ちらかった　つくえの上に
新鮮な　きゅうりが二本
その色は　深いみどりで
いつも見る　きゅうりとおなじ

となりには　その絵が一枚
描きかけの　小さな油絵

絵の中の　きゅうりの色は
本物と　ほとんどおなじ
でも少し　なにかがちがう
絵の方が　みずみずしくて
「生きている」　きゅうりに見える

あらためて　本物を見る
さっきとは　はっきりちがう
全体の　深いみどりが
絵のように　みずみずしくて
「生きている」　きゅうりに見える

なぜだろう　不思議になって
もう一度　となりの絵を見る
本物と　おなじに見える

牛と牛乳

毎朝コップの　牛乳を
飲む時思う　ことがある
どうして牛は　牛乳を
毎日毎日　出すんだろう

人間の手で　牛たちを
そうしたせいも　あるけれど
もともと牛は　人間に
飼われる前から　比較的
お乳をいっぱい　出していた
どうして自然は　牛たちを
そういう風に　したんだろう
なにか決まりが　あるからと
理科の授業で　きいたけど
いったいどうして　自然には
そういう決まりが　あるんだろう

毎朝コップの　牛乳を
ひと口飲んで　考える
むかしの牛や　いまの牛
想像しながら　考える

あしたの朝

朝起きて　いつものように
伸びをして　部屋の雨戸を
あけながら　そとの光の
まぶしさに　両目をつぶり
その拍子　意外な事実に
気がついた

「このかがやく空は　すぎさった
きのうの夜と　つながっている」

目をひらき　もひとつ気づく

「とぎれずに　きょうの夜空は

あたらしい　あしたの朝に

つながっている」

おどろきが　胸にひろがる
こうしては　もういられない
友たちに　すぐつたえよう
きっとまだ　だれも知らない
そしてきょう　夜になったら
友たちと　海辺に行って
砂浜の　なぎさに立とう
あたらしい　あしたの空が
星空の　遠くに見える
あたらしい　あしたの光が
うっすらと　きっと必ず
まだ明けぬ　夜空の先に

バイオリンの理想

世界で一番　有名な
バイオリニストの　バイオリン
これまで理想と　する曲を
弾いてもらった　ことがない
どんなに立派な　舞台でも
どんなにお客が　多くても
これまで「これだ」と　いう曲を
弾いてもらった　ことがない
音楽会が　終わるたび
拍手の嵐を　受けながら
いつも不満が　心にのこる

家にもどって　休む時
ピアノの上に　置いてある
古い楽譜が　問いかける
「もしもしそこの　バイオリン
あなたの理想は　どんな曲」
「それがほんとは　分からない
はっきりこれとは　分からない」
つぶやきはじめる　バイオリン
「理想とよべる　曲なんて
ほんとはどこにも　ないのかも」

ある時あるじは　家にある
もう一丁の　バイオリン
それを手にして　客の待つ
音楽会へ　出て行った
「私をどうして　使わない」
置きざりにされた　バイオリン
あたりかまわず　おこり声
古い楽譜が　そっときく
「どうしておこる　バイオリン
理想の曲には　きょうもまた
どうせ出会えは　しないのに」

「たしかに出会えは　しないけど…」
バイオリンはふと　だまりこみ
音楽会の　情景を
ぼんやり胸に　思い出す

まぶたをとじて　なめらかに
曲をかなでる　年老いた
あるじの顔と　客席で
うっとりしている　人々の
やすらかな顔　会場の
天井高く　伸びて行く
ゆたかな音色　その曲は
理想ではない　ないけれど
その伸び行くかなたで　いつの日も
自分は理想に　会おうとしている

あさがお

まだ暗い　夜のうちから
あさがおは　つぼみをひらく
とまどわず　ためらいもせず
「朝は来る　日はまたのぼる」
そのことを　かたく信じて
少しずつ　つぼみをひらく

なぜ朝は　来ると思うか
空はまだ　一面の星
本当に　不安はないか
朝はもう　地上に来ない
そう思う　ことはないのか

あさがおは　なにもいわずに
また少し　つぼみをひらく
はてしない　星空の下
まだ見えぬ　朝にむかって

かつお

まっすぐに　かつおはすすむ
たえ間なく　尾をうごかして
青い水　青くつらぬき
大勢の　仲間とともに

前をむく　ふたつのひとみ
漆黒の　大きなひとみ
人間に　見えないなにを
そこにいま　映しているか

まっすぐに　かつおはすすむ
ただ青い　はてしない海
まっすぐに　かつおはすすむ
あわの糸　細く残して

大きな古い森

となりの世界へ　大切な
荷物をはこぶ　旅に出て
途中に大きく　横たわる
森へと足を　ふみ入れる

こずえのかすんだ　高い木々
年老いた木々　太い幹
かさなる枝葉

立ち止まり　あたりを見回す
木々たちは　語らってきた
一万年　たえずなにかを
昼も夜も　木々のことばで
大勢で　となり同士で
片時も　休むことなく

しかしいま　私の耳には
なにひとつ　きこえてこない
とどくのは　一万年間
変わらない　しずけさばかり

方角を　たしかめながら
ゆっくりと　また歩き出す
重い荷を　背負いなおして
まだ見えぬ　となりの世界へ
はてしない　大きな森を
ただひとり　なにもいわずに
なにひとつ　きこえぬままに

一秒前

大事な入試の　二分前
遅刻ぎりぎり　大あわて
私が校舎の　階段を
走ってのぼり　しんとした
廊下をひとり　かけぬけて
にぎった紙に　しるされた
教室めがけて　とびこむと
着席していた　受験生
動きをとめて　一斉に
私を見つめた　その顔々々

おどろいた　顔や緊張した　顔や
自信のある顔　反対に
不安で不安で　しかたない顔

人間の　顔にこれほど
いろいろな　種類とちがいが
あるなんて　私は生まれて
はじめて知った　その時は
大事な入試の　一秒前
大事な入試の　一秒前

玄関のたな

よく晴れた　郊外の町
ブランコが　庭にある家
玄関の　ひさしの下に
なにもない　あたらしいたな
木でできた　真四角なたな

そよ風に　顔を上げれば
すみわたる　五月の空を
つばめたち　舞うように飛び
遠ざかり　またそばに来る
あちこちと　なにかさがして
次々に　輪を描きながら

もう一度　たなに目をやる
なにもない　あたらしいたな
この家の　家族の思い
胸にいま　そっとつたわる

あらためて　大空を見る
輪を描いて　舞うつばめたち
どこまでも　まぶしい光

かぼちゃの歌

かぼちゃのすがたを　見かけると
心のなごむ　ことがある
けだるい夏の　夕まぐれ
八百屋のかぼちゃを　目にすると
気持のやすらぐ　ことがある

となりにならんだ　玉ねぎや
メロンを見ても　この心
決してなごむ　ことはない
かぼちゃを使った　コロッケや
プリンを見ても　この気持
やすらぐような　ことはない

でも
かぼちゃのすがたを　見かけると
やっぱり気持が　楽になる
かぼちゃを目にした　それだけで
とても気持が　軽くなる
理由はいったい　なんだろう

八月三十一日の哲学

八月の　三十一日
夏休み　あと数時間
夕食の　席にもつかず
宿題を　あわてて　しながら
とまらない　かべの時計に
何回も　視線を上げて
こどもらは　ようやく気づく
この長い　夏休みにも
なぜなのか　終わりがあると

七月の　すえのころには
いつまでも　続くと思った
大好きな　夏休みがいま
確実に　過去へ旅立ち
もう二度と　帰ってこない

休み中　家族でのぼった
あの山の　空の光も
友達と　ならんで飲んだ
公園の　水道水も
もどらない　もうもどらない

こどもらは　さらに気がつく
あしたから　学校へ行く
またおなじ　先生に会い
またおなじ　仲間とすごす
そのむこう　はるかな先に
来年の　世界があって
またひとつ　夏休みがある

八月の　三十一日
こどもらは　それと知らずに
哲学を　つかみはじめる
もどらない　なにかについて
くり返す　なにかについて
そしてその　あいだに生きる
大勢の　おとなとこどもと
その中の　自分について

科学者

ものごとの　はじめにはみな
原因が　あると信じる
科学者の　あなたがどうして
偶然を　みとめるのだろう
このいまの　この時代の中に
そしてこの　仲間の中に
他人では　なくてあなたが
生まれ来た　そのことをなぜ
偶然の　ただひとことで
簡単に　すませるのだろう
科学者の　あなたがどうして

宇宙旅行

太陽を　丸ごとひとつ
ロケットに　燃料として
積みこんで　一瞬で全部
燃やしたら　すごい速さが
出るだろう　まわりの時間も
空間も　その勢いで
ねじまがり　遠くの星も
近くなる　銀河のむこうの
世界まで　旅行ができるに
ちがいない

でももしそんな　ロケットが
できたとしても　人間は
ひとつしかない　太陽を
燃料として　積みこんで
一瞬で全部　まよわずに
燃やすだろうか　まだ知らぬ
銀河のかなたを　見てみたい
そのためだけに　ためらわず
燃やすだろうか

こおろぎの　しずかな声を
聞きながら　星空にふと
目をむけて　ぼんやりひとり
考える　いなかの秋の
長い夜

花の絵

あの人は　毎日家で
花の絵を　何枚も描く
あたたかな　春の野にさく
ひなぎくや　山里にさく
すみれなど　色さまざまな
花の絵を　手があくたびに
あの人は　はがきに描いて
順番に　友達へ出す

「桜井さん　毎日私の
心では　あたらしい花が
次々と　さいてひらいて
とまりません　ほうっておくと
この心　花であふれて
こまります　だからこうして
つみとって　はがきに託して
おくります　ご迷惑かも
知れません　でも　もらってくれれば
たすかります」

そうしたことばを　余白にそえて

あの歌

君はほら　知っているかい
うつくしい　しらべのあの歌
「あの歌」じゃ　わかりはしない
だからほら　ええっとあの歌

題名は
それは知らない

題名も　わからないでは
そういわず　こんな歌だけど
ラララララ　ラララララ

その歌か　それなら知ってる
こうだろう　歌ってみるよ
ラララララ　ラララララ
題名も　知っているかい
ラララララ　ラララララ

題名は　知らないけれど
ラララララ　ラララララ
君はこの　歌が好きかい
ラララララ　ラララララ
大好きさ　ずっと前から
ラララララ　ラララララ

題名は　なんだったかな
ラララララ　ラララララ
そうだなあ　なんだったかな
ラララララ　ラララララ
ラララララ　ラララララ
ラララララ　ラララララ

となり町

こどものころは　思ってた
となりの町は　遠い町
どんな景色か　知らないし
自分の足では　行けないし
テレビにだって　映らない
外国よりも　遠い場所
空のむこうの　はるかな世界

おとなになって　さそわれて
海外旅行は　したけれど
となりの町には　縁がない
電車でたまに　通るけど
買い物に行く　店もない
わざわざたずねる　用もない
地図の上では　近いのに
いつまでたっても　知らない世界

水

きょうも朝　洗面所へ行き
蛇口から　ガラスのコップに
水をくみ　あくびをおさえて
飲んだあと　ぼんやり思う

この水は　これまで地球を
どれくらい　ぐるぐる回って
きただろう　厚い雲から
ふる雨の　しずくとなって
森へ落ち　せせらぎとなり
川となり　海に流れて
少しずつ　空へのぼると
また厚い　雲にもどって
雨となり　そうした旅を
もう何度　これまでかさねて
きただろう

大きなとんぼが　すぎて行く
原始の森を　見ただろう
尾を引きずって　のし歩く
恐竜たちを　見ただろう
長い歴史を　秘めた水
人間よりも　むかしから
地球の上で　くらす水

でもその水は　透明な
コップにくんで　飲みこむと
目には見えない　大切な
いのちのもとを　気前よく
私にくれる　薄日さす
太古の青い　海の中
小さな最初の　生き物の
たねに出会った　あの時と
少しも変わらず　今朝もまた
いのちのもとを　ためらわず
たっぷりくれる

これまでに　ありとあらゆる
生き物に　いつの時代も
休みなく　ずっとそうして
きたように

愛

かがやきを増す　星の下
地上の光が　消えて行き
夜が次第に　ふけるころ
仕事を終えた　人々は
しずかな気持で　横になり
ねむりについて　それぞれに
ゆめの世界へ　船出する

幾千万の　人々が
ゆめを見ている　その中で
愛する人と　おなじゆめ
等しいゆめを　少しでも
見ている者は　きょうもまた
ひとりもいない　だがそれで
こわれた愛は　いままでに
ひとつとしてない

朝が来て　地上は光に
みたされる　愛ある者は
やわらかな　笑顔をかわす
夜に見た　それぞれのゆめは
それぞれに　高く大きく
とびこえて

むく鳥のひな

しずかな初夏の　お昼すぎ
町の歩道を　いそがずに
歩いていると　むこうから
見知らぬ男　いかめしい
顔つきをして　大またで
足早に来る

「ピピピピピピ」　頭上から
鳥の鳴き声　目をやると
小さなビルの　まどのそば
通風孔で　むく鳥の
ひなが何羽も　くちばしを
つき出している　親鳥が
すぐ飛んできて　えさをやる
「ピピピピピピ」　ひなたちが
えさを取り合い　鳴き声は
にぎやかになる

前をむく　見知らぬ男も
立ち止り　ほほ笑みながら
ひなたちを　しばしながめる

だがやがて　私に気づくと
なぜなのか　困惑の色
いかめしい　顔にもどって
急にまた　歩きはじめた

すれちがい　たがいにはなれる
並木道　まぶしい五月

「ピピピピピピピ」　むく鳥の
ひなたちはまだ　さえずっている

あとがき　～詩を読むことに関連して～

この詩集を読んでみて下さって、いかがでしたか？

もし少しでも心がはずむのを感じていただけたとしたら、本当にうれしく思います。

世界には今でも、文字のない言語があります。しかし、そうした言語にも詩はあります。それらの詩はまるで歌のように声で表現され、声によって次の世代へ受け継がれて行くのです。

どのような言語でも、詩は、もともと歌のようなものだったのでしょう。詩という漢字を「うた」と読むのも、そうした歴史を伝えているのだと思います。

詩を読んでいて心がはずんできて、ふと一節を声に出して読んでみる、つまり朗読してみることは、誰にでもあります。詩を朗読することは詩を歌うこと、と言っては言い過ぎでしょうが、詩を歌のように声で表現することではあります。一部分であれ詩を朗読することは、はるかな昔、生まれたばかりだった頃の詩の表し方や味わい方に、ほんの少し似ているかも知れません。
そんなことを私は時々想像しています。

この詩集の出版に際しては、私が直接存じ上げない方も含めて多くの方々に大変お世話になりました。この場をお借りして、心から御礼申し上げます。本当にありがとうございました。

竹原　康彦

この詩集は、かつて出版された竹原康彦の詩集『かぼちゃの歌』の全作品に、やはりかつて出版された同著者の詩集『チョコレートのたね』から抜粋した作品を加え、加筆訂正の上、『おじさん詩人が窓辺でつづった作品集』として一冊にまとめたものです。

『チョコレートのたね』から抜粋した作品は、次の通りです。

・「私たち」一
・「私たち」二
・きこえるよ
・せっけんの歌
・こどものうさぎ
・一秒前

竹原　康彦（たけはら　やすひこ）

詩人。昭和40年（1965年）、新潟県に生まれる。

小学生の頃から俳句に興味を持つ。その後、短歌にも関心を広げ、特に与謝野晶子、北原白秋、石川啄木の作品に親しむ。

また、こうした歌人の詩にも心を惹かれ始める。

大学生時代、石川啄木の詩『小さき墓』に出逢い、深い感銘を受け、自分でも詩を書いてみたいと考えるようになる。

30歳を過ぎた頃から継続して詩を書くようになり、平成13年（2001年）に詩集『チョコレートのたね』を、平成18年（2006年）に詩集『かぼちゃの歌』を、それぞれ上梓した。

おじさん詩人が窓辺でつづった作品集

2023年9月30日　初版第1刷発行
著　者　竹原　康彦
発行人　長野　成憲
発行所　松海書房
発売所　株式会社出版文化社
〈東京カンパニー〉
〒104-0033
東京都中央区新川1-8-8アクロス新川ビル4F
TEL：03-6822-9200　　FAX：03-6822-9202
E-mail：book@shuppanbunka.com
〈大阪カンパニー〉
〒532-0011
大阪府大阪市淀川区西中島5丁目13-9新大阪MTビル1号館9F
TEL：06-7777-9730（代）　FAX：06-7777-9737
〈名古屋支社〉
〒456-0016
愛知県名古屋市熱田区五本松町7-30熱田メディアウイング3F
TEL：052-990-9090（代）　FAX：052-324-0660
印刷・製本　シナノ書籍印刷株式会社

ISBN978-4-88338-713-7　C0092